Casa de geishas

COLECCIÓN NARRATIVAS ARGENTINAS

ANA MARÍA SHUA

Casa de geishas

EDITORIAL SUDAMERICANA
BUENOS AIRES

Diseño de tapa: Mario Blanco

Foto de tapa y solapa: Silvio Fabrykant

IMPRESO EN LA ARGENTINA

Queda hecho el depósito
que previene la ley 11.723
© 1992, Editorial Sudamericana S.A.
Humberto I 531, Buenos Aires

ISBN 950-07-0807-8

En 1984 publiqué *La sueñera*, mi primer libro de cuentos brevísimos. Ese libro tuvo pocos lectores, pero muy calificados, y recibió de ellos halagos y alabanzas. El entusiasmo de esos lectores fue lo que me decidió a volver a intentar el género. No sin cierto temor a decepcionarlos (también en literatura lo que se gana en experiencia se pierde en espontaneidad), me decidí a escribir *Casa de geishas*, que doy a conocer con la siguiente salvedad:

Segundas partes nunca fueron buenas. Se abalanzaban cruelmente sobre las primeras, desgarrándolas en jirones, hasta obligarme a publicarlas también a ellas.

El reclutamiento

Las primeras mujeres se reclutan aparentemente al azar. Sin embargo, una vez reunidas, se observa una cierta configuración en el conjunto, una organización que, enfatizada, podría convertirse en un estilo. Ahora la madama busca a las mujeres que faltan y que ya no son cualquiera sino únicamente las que encajan en los espacios que las otras delimitan, y a esta altura ya es posible distinguir qué tipo de burdel se está gestando y hasta qué tipo de clientela podría atraer. Como un libro de cuentos o de poemas, a veces incluso una novela.

Simulacro

Claro que no es una verdadera Casa y las geishas no son exactamente japonesas; en épocas de crisis se las ve sin kimono trabajando en el puerto y si no se llaman Jade o Flor de Loto, tampoco Mónica o Vanessa son sus nombres verdaderos. A qué escandalizarse entonces de que ni siquiera sean mujeres las que en la supuesta Casa simulan el placer y a veces el amor (pero por más dinero), mientras cumplan con las reglamentaciones sanitarias. A qué escandalizarse de que ni siquiera sean travestis, mientras paguen regularmente sus impuestos, de que ni siquiera tengan ombligo mientras a los clientes no les incomode esa ausencia un poco brutal en sus vientres tan lisos, tan inhumanamente lisos.

La herramienta feroz

Desoyendo los consejos de sus compañeras, en sus tradicionales atuendos de mucama, enfermera o religiosa, Catalina insistió en la túnica muy larga y en la herramienta feroz. A pesar de que la sensatez preveía el rechazo, resultó ser una de las más solicitadas: muchos se complacen en jugar con ella sabiendo que nunca podrían tomar y dejar a voluntad a la auténtica mujer de la guadaña.

En el patio

En verano se baila en el patio, con faroles y lepi-
dópteros nocturnos. La danza es lenta, las parejas se
abrazan, los cuerpos se buscan y se unen, se adhieren
los vientres y los pechos, la música es densa, el aire es
viscoso, para despegarlos basta con sumergirlos un
ratito en agua tibia.

Caricia perfecta

No hay caricia más perfecta que el leve roce de una mano de ocho dedos, afirman aquellos que en lugar de elegir a una mujer, optan por entrar solos y desnudos al Cuarto de las Arañas.

Formas de llegar

Los del Oeste van todos juntos, en pleno día, fuera del horario de trabajo. Los ancianos adelante, los adolescentes en la retaguardia, los adultos llevando en hombros al debutante. (Como la población es escasa, el debutante puede ser el mismo durante mucho tiempo.) Los hombres entonan canciones alusivas mientras danza el cortejo de mujeres que los sigue a cierta distancia. Cuando ellos entran, sus legítimas esposas y sus novias los aguardan afuera, intercambiando chascarrillos y chanzas con las pupilas de la Casa, que se asoman desnudas por las ventanas. Es divertido pero no muy excitante. Los del Este acuden secretamente, en horas de la madrugada, por callejones oscuros, embozados, ocultos. Entran a la Casa por túneles subterráneos o por puertas secretas o fingen ser proveedores, recaudadores de impuestos, encuestadores de institutos de idiomas. Para el que sea descubierto en semejante actividad está prevista la inmediata expulsión de la ciudad. Los que aman el riesgo prefieren infinitamente este sistema. A los del Sur y del Norte les gusta más mirar televisión.

Rosaura

La más generosa es Rosaura, la del sexo prensil, que a los hombres alquila y a las mujeres presta. Gracias al sexo de Rosaura, cualquier mujer puede retener indefinidamente al hombre que ama, o a un cliente que no haya pagado sus honorarios. Pero se ve obligada a soltarlos cuando lo tiene que devolver a su verdadera dueña, la generosa Rosaura.

Plantación

Un hombre convenientemente moreno, de gran tamaño, es el encargado de que los clientes adecuen su conducta al reglamento de la Casa. El rítmico martillear de sus puños sobre la cabeza de los infractores puede llegar a hundirlos en la tierra del jardín, sobre todo si llueve o ha llovido. De ahí las peculiares floraciones que rodean la Casa en primavera, y los notables frutos del verano, esas ramas cargadas de manos laxas, curvadas, que agita el viento, esas flores con un ojo o una boca en el centro de la corola y hay que ver algunas con qué sonrisa. Los que se plantan en pleno invierno, en un alto porcentaje se malogran.

Parcializar

Parcializa las miradas de los hombres. Así, en función de esta característica, los que en la puerta vocean la mercadería alaban, por ejemplo, ciertas turgentes, tentadoras nalgas. Sorpresa del tentado al comprobar la rigurosa veracidad del pregón: esas nalgas existen, son tal como se las ha descripto y lo esperan, sólo nalgas, sin cuerpo que las sustente ni mujer a la que pertenezcan, solitarias y bellas sobre la cama.

Mirones

A los mirones se les hace creer que miran sin ser vistos. Se les dice que la pared transparente junto a la que se ubican simula ser, del otro lado, un espejo. En realidad, sólo un vidrio corriente los separa de los felices exhibicionistas. En estas combinaciones se destaca la madama, hábil en reducir costos.

Ataduras

Muchos prefieren que se los ate y la calidad de las ataduras varía, como es natural, de acuerdo con el peculio de la gozosa víctima: desde lazos de seda hasta lazos de sangre. Y es que en el fondo nada ata tanto como la responsabilidad de una familia (ciertamente el más caro de los placeres-sufrimientos).

Sádicos

Para aquellos que se complacen en el sufrimiento o en la humillación del prójimo, se propone una combinación de estímulos placenteros de los que no se excluyen ciertos programas de televisión.

Los disfraces y las fantasías

Las mujeres se disfrazan para hacerse más atractivas, se disfrazan para cumplir las más feroces fantasías. Están dispuestas a ponerse un disfraz de oveja, de ombú o de bauxita. Pero sólo una vez y para siempre. Y es inútil rogarles después que se lo quiten, que retiren de uno esas raíces enormes que lo aprisionan contra la tierra, ese vaho metálico capaz de mineralizar tu lengua, esos vellones que provocan en los clientes sensibles el crecimiento de grandes cuernos retorcidos.

Abaratando costos

Algunos masoquistas disfrutan con la idea de que otros asistan a su humillación. Los que pueden hacerlo contratan dos o más pupilas. Pero para los verdaderamente ricos está prevista la participación de cinco mil extras y el alquiler del estadio. (Se rumorea que los espectadores son sádicos, que se les cobra la entrada.)

Sofisticación

Para los más sofisticados (pero admitamos que se trata de una perversión muy cara), la madama está en condiciones de contratar los servicios de su propia esposa.

Beneficios secundarios
de algunos clientes

Cuando se va uno de los de Psseria, el cuarto queda cruzado del piso al techo y en todas direcciones por hilos gruesos, pegajosos, como de baba espesa, que al secarse se convierte en un polvillo muy apreciado como condimento. Sin embargo, a ninguna mujer le gusta recibirlo.

Los masoquistas

Un pabellón entero está dedicado a esos sujetos melancólicos y generosos, los masoquistas. Cuentan allí con una serie de habitaciones en las que el sufrimiento se gradúa de acuerdo con lo doloroso de los estímulos. Si en las primeras habitaciones son mujeres las que infligen los castigos, en la sexta se los invita a copular con un cocodrilo y en la octava con el recuerdo de la felicidad perdida.

Los números artísticos

También hay números de baile en los que las mujeres lucen su sensualidad y los hombres su destreza, los caracoles su parsimonia, las cucarachas sus antenas, los petiribíes su flexibilidad, las computadoras su memoria, el basalto su proverbial dureza y aun cada uno de ellos, cualidades que no le son características. Son probablemente estas suertes no tradicionales las que más emoción provocan en los espectadores. Hay que ver a esos petiribíes enloquecidos que aplauden con un crujido de ramas a una mujer especialmente memoriosa, ese entrechocar de los basaltos seducidos por la sensualidad de una cucaracha.

Los pulcros son así

Los pulcros usan muchas prendas de vestir y se las quitan lentamente. Al cabo del primer año se han sacado ya el sombrero y los calcetines, que acomodan con parsimonia sobre una silla. Cuando por fin están desnudos, miran a su pareja con cierta decepción y algunos exigen que se la cambien por una mujer más joven. Como todos los demás, pagan por hora.

Cliente fantasma I

Se habla entre ellas de un cliente fantasma, cuyo exigente ectoplasma visitaría a algunas (pero no a todas), cuya existencia estaría confirmada por el parto de la Ermelinda, madre de un niño invisible que ella atribuye, en cambio, a un funcionario de la Dirección Impositiva.

Cliente fantasma II

El ectoplasma es tranquilo y paga bien, dicen las que se jactan de ser sus preferidas. Les regala grandes panes de tiempo que es posible subdividir en días para añadirlos al último que a cada una le hubiera correspondido vivir. Y cómo adivinar si es reglamentario o supletorio el tiempo que una mujer está surcando.

Reservas de la esfinge

Para pertenecer reiteradamente a uno o muchos hombres y, sin embargo, reiterar el deseo, reservar una zona intocable o prohibida: un clásico cofre en el armario, la piel del antebrazo izquierdo, el primer lunes de cada mes, por la mañana, cierto verano de la adolescencia.

La Que No Está

Ninguna tiene tanto éxito como La Que No Está. Aunque todavía es joven, muchos años de práctica consciente la han perfeccionado en el sutilísimo arte de la ausencia. Los que preguntan por ella terminan por conformarse con otra cualquiera, a la que toman distraídos, tratando de imaginar que tienen entre sus brazos a la mejor, a la única, a La Que No Está.

Clasificación

Se clasifica a los clientes por lo que piden, por la ropa que usan o por la forma de mover las orejas. A veces hay coincidencias. Por ejemplo, la mayoría de los clientes no mueven las orejas en absoluto, pero aquellos que logran estremecer el lóbulo suelen usar sombrero de ala ancha y piden mazagrán y a Catalina.

Las mujeres se pintan

Las mujeres se pintan antes de la noche. Se pintan los ojos, la nariz, los brazos, el hueco poplíteo, los dedos de los pies. Se pintan con maquillajes importados, con témperas, con lápices de fibra. En el alba, ya no están. A lo largo de la noche y de los hombres, se van borrando.

Cabello electrizado

Se resiste a vender el viento de electrones que sabe, a voluntad, erizarle los cabellos. Dice que ya bastante hacen sufrir los hombres así como son nomás, ni hablar si pudieran a voluntad alzarlo todo.

Imitación

Burdel de pueblo que imita famoso burdel de la capital que imita burdeles de Nueva Orleáns que imitan la idea que los americanos tienen de los burdeles de París. Burdel de pueblo, copia lejana: balcones de terciopelo rojo, mujeres de hierro forjado.

Secreto de seducción

A otras el ardor de la cera derretida sobre las piernas desnudas. A otras los días más largos (los días del hambre), o el cuchillo que da forma a las carnes rebeldes y moldea los huesos de la cara. A otras, en fin, el dolor de ser bellas. A ella le basta con el rumor que nadie desconoce, le basta con que se sepa quién es o, mejor dicho, de quién es: a ella, la mujer del prójimo.

Márgara y Vanessa

La primera vez que un hombre ve desnuda a Márgara la Bella, queda ciego para siempre. La segunda vez se le caen las cuatro muelas de juicio.

La primera vez que un hombre se acuesta con la Bella Vanessa se le caen las cuatro muelas de juicio, la segunda vez elimina el apéndice por el ombligo, la tercera vez le crecen diez pelos en la planta del pie izquierdo. Pero la cuarta vez le desaparecen para siempre las jaquecas. Hay quien prefiere empezar directamente por la cuarta vez, todo tiene su precio.

La Más Rubia

Un muchachito tornasolado y efímero es el hijo lejano de La Más Rubia, violada, según se cuenta, por una lombriz de tierra que la habría esperado en un camino solitario, atándole las piernas gordas con su cuerpo finito, como una boleadora sin piedras, hecha sólo de voluntad y de soga. Otros dicen que fue con su cuñado. Otros dicen que su cuñado es una lombriz de tierra.

La Seis Dedos

La llaman (los que saben y han probado) La Seis Dedos, pero el sexto es retráctil y nada en esa mano perfectamente lisa parece insinuar su existencia. Y corre el rumor de que sólo a veces y sólo para algunos se asoma ese sexto extensible y velloso gusano rosado, capaz de hacer que el mundo estalle en rítmico placer, sólo para los mejores, como yo, dicen todos, y quién será el primero en confesar que no lo ha visto, que nunca lo ha sentido.

Tradición

Un digno burdel europeo del siglo XIX debía tener una gorda, una flaca, una judía, una negra. La judía podía ser también la flaca, pero la gorda no.

Delegaciones extranjeras

Grande es la Casa, grande es su fama. A veces se reciben delegaciones del extranjero, como ese grupo de zombies que viene recorriendo América, mostrando en todos los burdeles sus certificados de defunción (pero nadie les cree, son pobres, son haitianos, están muertos) para probar que no murieron de SIDA.

41

Cementerio propio

La Casa es muy antigua. La comunidad no acepta que los cadáveres de las pupilas sean enterrados en el cementerio común, donde se entierra a las secretarias, a los técnicos electrónicos o a los miembros de la Cooperadora Escolar. Se rumorea que en la noche de difuntos los espectros de los técnicos electrónicos, de algún operario de la hilandería y aun del Vicepresidente de la Cooperadora (que siempre fue putañero) cruzan la tapia que separa el cementerio común de la Zona Prohibida. Es inútil cualquier intento de modificar la situación que pretenda castigar a las que ofrecen, dejando de lado el papel de la demanda, dicen aquellos vecinos que proponen derribar la tapia, confundirlo todo: si hay segregación, también los clientes deberían ser sancionados. En caso de que se opte por derribar el muro, que cada tumba tenga su propia cerca, proponen, cuidadosos, los otros, los que no quieren que se confunda libertad con libertinaje.

Los perversos polimorfos

Polichinelas fantásticos, con sus trajes multicolores, blandiendo sus chupetes como mandolinas o cimitarras, llega el tren de los perversos polimorfos. Da gusto verlos lanzarse rodando por las escalerillas de los vagones, serpentear alegremente en el piso polvoriento de la estación. Los esperan caballos y carruajes: como extraños jinetes llegan a la Casa lamiendo gozosos el sudor del cuello de sus cabalgaduras, o apoyando las mejillas sobre el tapizado de los automóviles mientras respiran en éxtasis el olor a nafta quemada. Así vienen los perversos polimorfos, los que necesitan todo, los que no necesitan nada, los que serán siempre como recién nacidos, los únicos que vienen porque se les da la gana.

Una mujer

En la puerta del burdel, un hombre pregona la mercadería a los viandantes. Les ofrece una mujer muy blanca pero cubierta de lunares y otra dada a pulposas fantasías y otra de ojos como espadas y otra capaz de tocar tres instrumentos al unísono y otra que ruge como el rotor de un helicóptero desbocado y otra extranjera y otra que se olvida de su propio nombre en cada recodo de su sexo. Sin embargo, adentro hay solamente una mujer. Sin embargo, el hombre no miente.

Tatuaje

En cierto recóndito paraje de su anatomía, Jezabel ha soportado un complejo tatuaje. Muchos han pagado por verlo. Los que, gracias a su habilidad o a su fortuna, pueden contarlo, dicen que el dibujo representa un mapa teñido de colores suaves (esa combinación de las tintas con el tono natural de la piel). En el mapa está señalado el punto en el que se encuentra el observador y la ruta que lo llevará a la salida.

La Flaca

Hay una mujer de una flacura densa, opaca, a tal punto filosa que es capaz de penetrar mientras es penetrada, abriéndose paso a través de los poros como un hilo que ensarta su extremo adelgazado en el ojo de una aguja. En el espasmo final vuelve a salir al exterior expulsada a través de la uretra, lista para cobrar esa compensación extra que bien se gana.

La Que Mira

Muchos prefieren a La Que Mira, nadie nunca la vio. Es bien conocido, en cambio, uno de sus ojos, que es celeste y se asoma vivo, húmedo, por un conveniente orificio de cierta habitación. Muchos alaban las posibilidades expresivas de ese ojo que, aun sin ceja, se permite mostrarse díscolo, deseoso o desorbitado. Muchos aseguran que La Que Mira no existe, muchos creen haber oído sus jadeos, muchos suponen que es un hombre y de éstos no todos lo confiesan. Se discute si el ojo de La Que Mira es un ojo animal o un ojo izquierdo.

La Gorda

Hay una mujer de carnes blandas, pantanosas, como la lengua de una ballena, de la que los clientes se separan con esfuerzo, recuperando su cuerpo con un sonido gorgoteante. A veces es posible entrever en la superficie de su piel traslúcida la forma de una coronilla calva, las vértebras de una espalda sudorosa, algún zapato.

La Insaciable

A otra mujer la llaman La Insaciable, como si alguien, alguna vez, saciara algún deseo.

Deslealtad

Mal se hablaba de Lina, de sus compañías, de su deslealtad, de sus gustos. Clientes hubo que no querían entrar en ella por miedo a toparse con un acreedor.

Para todos los gustos

Para los vampiros golosos, mujeres gordas, lánguidas, diabéticas, con cuello de Modigliani. Para vampiros francamente perversos, bestialistas, juguetonas jirafas. Para vampiros que se complacen en su propio sufrimiento, ciertas botellas de vidrio, importadas de Italia (en las que el vino ha sido reemplazado), cuyos cuellos estallan al ser mordidos con gozoso dolor.

Multitudes

La Casa es enorme, su fama es enorme. En víspera de días festivos, una multitud agobia a sus pupilas. En la planta baja hay una sala de primeros auxilios, en todas partes hay baños, en el tercer piso un buffet y una morgue pequeña comparten el freezer. La gente es descuidada y no hace caso de los cubos de basura. Trabajando sin parar, el personal de maestranza separa con cuidado las fantasías cumplidas y barre rapidito los deseos frustrados.

Discurso doble

Dame, te doy, soy hembra tuya, soy tu hombre. Por escrito podría confundirse con ese viejo truco literario que consiste en trasladarse, sin previo aviso al lector, de uno a otro punto de vista, cambiando de personaje sin abrir guión ni cerrar comillas, sin dejar jamás la primera persona. Pegando el oído a la puerta es imposible confundirse: es cierto que las voces son dos, pero en las dos, en cada una de ellas, discurre ese discurso doble que distingue entre todos al Cuarto de los Caracoles del de los Hermafroditas.

Gimnasia

Para mantener sus cuerpos gráciles, las mujeres de la Casa asisten diariamente a sesiones de gimnasia. La profesora las insta a redumar los fibrillos, un dos tres, un dos tres. Como la mayoría de los ejemplares de su especie, la profesora de gimnasia es rígida y exigente. Se niega a aceptar que no todas sus alumnas tienen fibrillos y otras carecen de la articulación que les permitiría redumarlos. El grupo de las vertebradas exige su renuncia. A las demás les da lo mismo.

Goces y decepciones

Decepción de quien es amado por una auténtica enfermera que se disfraza a tal fin de prostituta.

Para los que desean experimentar emociones fuertes se propone un acoplamiento en paracaídas, una horda de ratas o un incesto.

Para princesa muy lectora

A tal punto están previstos todos los deseos y provisto todo lo necesario para satisfacerlos, que se incluye entre el personal a un sapo bien alimentado para princesas que deseen experimentar ciertos trucos o intentar mutaciones. Después de veinte princesas se lo reemplaza por uno recién salido del estanque. De acuerdo con el resultado de las experiencias, al anterior se lo entierra o se le rinde pleitesía.

Fantasías eróticas

Fantasías eróticas se amontonan en el ángulo superior del Cuarto Veintisiete. Están a disposición de los clientes: ¡los hay tan poco imaginativos! Su condición mental las hace más livianas que el aire y el viento de los deseos frustrados las empuja hacia el rincón más alejado de la puerta. Algunos las miran durante horas enteras sin decidirse por ninguna. Para que esa fascinación no ocasione pérdidas a la Casa, se cobra por entrar al Cuarto Veintisiete una tarifa equivalente a la que pide La Que No Está.

Cantera de fantasías

Las fantasías que se les ofrecen a los clientes poco inspirados son provistas por otros clientes que después de realizarlas ya no pueden o no desean conservarlas como fantasías. Sirven, sobre todo, como publicidad para la Casa, ya que cada una de ellas es la prueba visible de que un cliente se ha retirado satisfecho.

Versiones

Doncella y unicornio I

Hay quienes suponen agotado el tema del unicornio y la doncella por extinción de ambas especies. Sin embargo el diario de hoy publica la fotografía de un caballo con un manchón sanguinolento sobre la frente. El animal asegura haber sido, hasta pocas horas antes de la toma, una auténtica doncella.

Doncella y unicornio II

El cuerno del unicornio impone bromas obvias y groseras. Este animal, que se caracteriza por su infinita delicadeza, prefiere mantenerlo retraído, confundiéndose con un caballo cualquiera. Así, al precio de la servidumbre, ha logrado evitar la extinción y prolongar su estirpe, llegando, incluso, a reproducirse en forma inmoderada y excesiva, invadiendo, a causa de su lubricidad, a otras especies, en las que ha dejado, contrariando teorías científicas, su inconfundible huella genética: una constante añoranza de las doncellas y esta maldita cosa en la mitad de la frente que ya no sé cómo cuernos disimular.

Doncella y unicornio III

Nunca se supo lo que pretendían los unicornios al prosternarse ante las doncellas, y esta duda ha llevado a numerosos y desagradables equívocos. En cambio, está perfectamente establecido lo que buscaban las doncellas: el reconocimiento público de una cualidad que sólo así podrían probar ante testigos sin riesgo de perderla en la misma prueba.

Doncella y unicornio IV

Dícese que las hijas de los efrits, y entre ellas la incomparable Pari-Banu, renuevan su doncellez después de cada encuentro amoroso, para éxtasis y confusión de los probos unicornios.

Doncella y unicornio V

Es falso que los unicornios acostumbren formar manadas. Tampoco lo hacen las doncellas. Es falso que se reúnan en locos aquelarres en los que doncellas desnudas cabalgarían unicornios. Ni las doncellas tienen interés en cabalgar ni a los unicornios les gusta ser montados. Lo contrario, en cambio, a veces es posible. Sobre todo considerando que, si bien los unicornios no tienen inconvenientes en conservar su condición indefinidamente, ninguna anciana doncella se jactaría de haber conservado tan largamente su honra.

Como Ulises

Como Ulises, un hombre vuelve de la guerra, o de la cárcel o del destierro. Han pasado veinte años. Sus ojos son distintos. Un golpe le ha quebrado la nariz. Ahora se parece un poco a Kirk Douglas, aunque su pelo es ralo y casi blanco y los harapos cuelgan de su cuerpo sin ninguna gracia. Todos lo reconocen perfectamente pero disimulan, menos el tonto de su perro, que vuelve a recibir una de aquellas épicas patadas.

Cisnes en el lago

Diez cisnes llegan al lago. Despojándose de sus emplumadas vestiduras, se transforman en diez jóvenes doncellas desnudas. Un atrevido mancebo roba uno de los alados trajes. Al salir del lago, la primera de las jóvenes doncellas descubre que su disfraz de cisne ha desaparecido. Sin embargo, cuando la segunda doncella sale del lago, insiste en que el traje faltante es el suyo, y no el de su hermana. La tercera doncella sale del lago y clama por su alado ropaje, negándose a ponerse cualquier otro. La cuarta doncella afirma que las vestiduras presentes pertenecen a sus hermanas y que es únicamente el suyo el traje robado. Diez vociferantes doncellas desnudas se indignan a las orillas del lago. El atrevido mancebo trata de huir, pero ya es tarde.

Ermitaño I

Con ambrosía en la mesa de los reyes fue tentado el ermitaño, y con el olor del pan oscuro que su madre sacaba del horno en las mañanas. Y diez años resistió y después estuvo libre de la tentación.

Con los temores y horrores del infierno fue tentado el ermitaño, y con la imagen de su mismísimo padrastro, las riendas en la mano. Y quince años resistió y estuvo libre de la tentación.

Con mujeres colmadas de carnes y deseos fue tentado el ermitaño, y con la hija del herrero de su pueblo, que cierta vez le había sonreído. Y veinte años resistió y estuvo libre de la tentación.

Y después de veinte años de vida en el desierto, ya nada lo tentó, y su corazón fue árido y seco, y su sacrificio ya no tuvo mérito.

Ermitaño II

El ermitaño recibe por correo un grueso volumen. Es un completísimo catálogo de tentaciones. Como cualquiera que aspire a la santidad, el ermitaño es ambicioso y soberbio y decide encargarlas todas. Una flotilla de camiones descarga las tentaciones en las inmediaciones de la eremita. El desierto se transforma en ciudad. El hombre consigue resistir todas las tentaciones pero, en cambio, ya no es un ermitaño. Las tentaciones le hacen compañía, lo entretienen, lo distraen de su soledad.

Ermitaño III

Para ser un ermitaño, decía el ermitaño, no es necesaria la soledad física. Aun en el tráfago y el bullicio un auténtico ermitaño puede refugiarse en su eremita interior. Una noche de Año Nuevo, mientras los demás invitados comían garrapiñadas y lloraban y se peleaban, el ermitaño fue a su refugio interior y lo encontró ocupado. Eran dos, estaban desnudos y tomaban sidra. Lo invitaron.

Ermitaño IV

Cuando no hay tentaciones, el ermitaño se
aburre. No siempre lo baña la Gracia, no siempre se
acerca la Luz. A veces está sentado en una piedra a la
puerta de la eremita y mira la forma de las nubes y
piensa que malgastó los años de su vida resistiéndose
a todo placer y alegría y piensa que tampoco fue útil
(ni siquiera a la manera de los lirios del campo) para
hacer felices a los demás. (Los lirios del campo son
bellos y perfumados y el ermitaño está viejo y sucio.)
Y entonces le dan muchísimas ganas de llorar pero
las resiste, porque esa es la tentación suprema y también porque es lo único que aprendió a hacer como la
gente y así, de paso, se entretiene.

Ermitaño V

Difundidos entre la población los beneficios físicos y mentales del ascetismo (bajo colesterol, braquicardia, sensación de tenue alegría, satisfacción espiritual), está en pleno auge la vocación de ermitaño. Los niños juegan a convertirse en voluntarios Robinson, los adolescentes se preparan (conmovidos por su propio ímpetu para el sacrificio) para un destino de soledad.

Hombres (y aun mujeres) abandonan aldeas (y aun ciudades) en busca de zonas desérticas o selváticas, de parajes inhóspitos y nunca o poco hollados, que en la práctica resultan cada vez más difíciles de encontrar. La extrema escasez de lugares verdaderamente solitarios obliga a los ermitaños a negociar y señalar los límites de sus Zonas de Soledad, que a veces se reducen a unos pocos metros a la redonda de cada eremita.

Esta proliferación de ermitaños, que termina por modificar el paisaje, atrae a la industria del turismo. Se organizan excursiones a los bosques donde, a cambio de una fuerte suma, los turistas pueden vestirse con hediondas zamarras, alimentarse con setas y fru-

tos silvestres y dormir en cuevas o cabañas delibe-
radamente incómodas. Antes de volver a sus casas
compran como recuerdo objetos artesanales realiza-
dos con raíces y debidamente autenticados. (Aunque
los turistas pobres, como siempre, se conforman con
salchichas y con imitaciones de plástico.)

Los verdaderos ermitaños no están conformes
con esta situación, pero las características mismas de
su oficio les impiden coordinarse en una acción colec-
tiva. Fracasados, decepcionados, muchos vuelven a
sus aldeas o ciudades, donde se reencuentran con sus
familiares y llevan una vida gregaria y corriente hasta
que llega la vejez, y con la vejez, la más intensa
soledad, aunque ahora ya no la deseen.

Cenicienta I

A las doce en punto pierde en la escalinata del palacio su zapatito de cristal. Pasa la noche en inquieta duermevela y retoma por la mañana sus fatigosos quehaceres mientras espera a los enviados reales. (Príncipe fetichista, espera vana.)

Cenicienta II

Desde la buena fortuna de aquella Cenicienta, después de cada fiesta la servidumbre se agota en las escalinatas barriendo una atroz cantidad de calzado femenino, y ni siquiera dos del mismo par para poder aprovecharlos.

Cenicienta III

Advertidas por sus lecturas, las hermanastras de Cenicienta logran modificar, mediante costosas intervenciones, el tamaño de sus pies, mucho antes de asistir al famoso baile. Habiendo tres mujeres a las que calza perfectamente el zapatito de cristal, el príncipe opta por desposar a la que ofrece más dote. La nueva princesa contrata escribas que consignan la historia de acuerdo con su dictado.

Cenicienta IV

El problema se genera en esa identificación que hace la joven esposa entre su marido y la figura dominante en su infancia y adolescencia. Nada fuera de lo común en esta dupla que terminan por conformar esposo y madre, confundiéndose en una sola entidad exigente, amenazante, superyoica (en este caso príncipe-madrastra), en la frágil psiquis de Cenicienta.

Máquina del tiempo

A través de este instrumento rudimentario, descubierto casi por azar, es posible entrever ciertas escenas del futuro, como quien espía por una cerradura. La simplicidad del equipo y ciertos indicios históricos nos permiten suponer que no hemos sido los primeros en hacer este hallazgo. Así podría haber conocido Cervantes, antes de componer su *Quijote*, la obra completa de nuestro contemporáneo Pierre Menard.

Los enanos son mineros

La Reina mala logró su propósito, pero así, dormida, todavía la tienen con ellos. El Príncipe Azul, en cambio, se la quiere llevar. Los enanos se resisten. Blancanieves propone emplearlos como jardineros en el parque que rodea el palacio. Parece una solución sensata.

Pero los enanos no son jardineros sino mineros. Las malezas invaden el parque, los macizos de flores languidecen, las especies más delicadas no sobreviven, el invernadero es un depósito de cadáveres vegetales. Los enanos, mientras tanto, han cavado un túnel que los lleva directamente a la bóveda del Banco Central. Ejerciendo su natural oficio, extraen los lingotes de oro que respaldan la emisión monetaria del reino. El subsiguiente caos económico provoca la caída de la familia reinante. Encabezan la sublevación los verdaderos jardineros, despedidos por causa de los enanos.

Blancanieves y el Príncipe se refugian en la casita del bosque. La Reina mala está vieja y aburrida y de vez en cuando los visita: su hijastra es ahora una mujer de cierta edad y el espejo mágico le dice que las hay más bellas. (El espejo es malvado pero no miente.) Los enanos se separaron y escriben desde países lejanos y diversos.

El Príncipe se acuerda a veces de su primera esposa y se pregunta cómo habría sido su vida si no se hubiera separado de Cenicienta.

Golem y rabino I

Muchos cabalistas fueron capaces de crear un Golem, pero no todos lograron que su Golem les obedeciera. Se cuenta la historia de un Golem rebelde a quien cierto rabino modeló a su propia imagen y semejanza y que, aprovechando el notable parecido de sus rasgos, tomó el lugar de su Creador. Esta verídica historia es absolutamente desconocida porque nadie notó la diferencia, excepto la feliz esposa del rabino, que optó por no comentarlo.

Golem y rabino II

El Golem se rebela. Pero sabe que su Creador puede destruirlo. Decide, entonces, reproducir y propagar su especie: los humanos. Quienes, entre nosotros, se han atrevido a crear Golems, han obtenido ejemplares muy inferiores, que carecen, por ejemplo, del don de la palabra. Así somos nosotros mismos inferiores a nuestro Creador, que es ubicuo, y nuestro Creador al Suyo, cuyos dones somos incapaces de imaginar porque nuestra limitada fantasía se agota en el concepto de omnipotencia.

Golem y rabino III

¿Quién somete? ¿Y quién es sometido? Dícese que en cierta ocasión (esta historia sucedió, con variantes, muchas veces) el que se rebeló no fue el Golem sino su Amo. Te prohíbo que me obedezcas, gritó con voz terrible. Y el Golem se vio forzado a realizar la más difícil de las tareas: ser amo de sí mismo. En cambio su Creador, liberado al fin, se dedicó entonces a obedecer puntualmente las órdenes de su suegra.

Golem y rabino IV

¡No me obedezcas! —ordenó su Amo al perplejo Golem que, ansioso por cumplir su orden, la desobedeció al instante, mostrándose aun más servil que de costumbre.

Golem y rabino V

Se toma un trozo de arcilla, se la moldea dándole la forma de un ser humano, se realizan ciertos ritos, se pronuncian ciertas fórmulas, se sopla en la boca de la estatua el aliento vital y la estatua no se mueve ni le crecen las uñas o el cabello, se verifica en el Libro el pasaje correspondiente en busca de algún error, pero cuando se intenta repetir el ritual, el Hombre de Barro ha desaparecido. Se toma otro trozo de arcilla, se la moldea, veintisiete Golems fugitivos, veintisiete errores acechan en las sombras, repiten a coro los salmos para confundir al rabino, qué difícil inscribir así en la arcilla blanda, oh señor ayúdame, la fórmula cromosómica completa.

El héroe a tiempo

Un monstruo desalmado exige al reino el tributo de sus doncellas, a las que devora. Su apetito de mujeres es cada vez mayor. Ahora se las come sin siquiera constatar su doncellez. Se le imponen al pueblo más sacrificios. El héroe llega a tiempo, corta las tres cabezas de la serpiente y salva a las víctimas. Después, con periódica puntualidad, exige su premio. Se aguarda con esperanza el pronto arribo de otro héroe.

Sapo y princesa I

Si una princesa besa a un sapo y el sapo no se transforma en príncipe, no nos apresuremos a descartar al sapo. Los príncipes encantados son raros, pero tampoco abundan las auténticas princesas.

Sapo y princesa II

Ahora que conocemos el desarrollo de la historia, nos resulta fácil afirmar, admonitoriamente, que la excesiva princesa debió contentarse con el primer milagro. Pero, habiéndose transformado el sapo en un apuesto príncipe, cómo refrenar su natural impulso de besar al príncipe, que se convirtió nueva y definitivamente en sapo.

Sapo y princesa III

La princesa besa al sapo, que se transforma en príncipe, besa al príncipe, que se convierte en jofaina, besa a la jofaina, que se torna en petrel, besa al petrel, que cambia su forma por la de un heliotropo, besa al heliotropo que se vuelve espejo y es inútil y hasta peligroso que la princesa siga insistiendo en besar su propia imagen pero lo hace, de todos modos, complacida.

Sapo y princesa IV

Envalentonada por su primer éxito con el sapo, la princesa dedica sus días a besar a los burros, a las arañas, a los buitres, a los gusanos, a los jabalíes, a las víboras, a los caracoles y a los palafreneros, obteniendo, hay que reconocerlo, alguna ocasional transformación (bajo la celosa mirada del príncipe): un jabalí convertido en víbora, algún buitre que pasa a ser caracol, y la siempre renovada esperanza de los palafreneros, que sueñan con transformarse en herederos del trono.

Sapo y princesa V

Considerando la longitud y destreza de su lengua, la princesa se interroga sobre su esposo. ¿Fue en verdad príncipe antes de ser sapo? ¿O fue en verdad sapo, originalmente sapo, a quien hada o similar concediera el privilegio de cambiar por humana su batracia estirpe si obtuviera el principesco beso? En tales dudas se obsesiona su mente durante los sudores del parto, un poco antes de escuchar el raro llanto de su bebé renacuajo.

Otras posibilidades

Dudosa prueba

Si un hombre desciende en sueños al infierno y se le entrega como prueba un diabólico tridente y al despertar el tridente no está allí, ¿es esa suficiente prueba de que ha logrado salir del infierno?

Las llaves del Sino

· Seis son las llaves del Sino. La llave de oro es la llave de las miserias. La de plata es la llave de los dolores. La de cobre chinesco es la llave de la muerte. La de hierro es la llave del poder. La llave de arrezaz es la llave de la dicha y del saber. La de bronce es la llave del garage.

Por adentro

Esta lámina transparente y flexible que reemplaza con ventaja la capa muscular permite observar, como a través de una ventana, el funcionamiento de los órganos internos: el serpenteante espectáculo del peristaltismo, el monocorde batir estomacal, el temblor íntimo, pudoroso, celular, de tus propias torturadas vísceras.

Examen de latín

Otra vez dando examen de latín, y con tanto miedo. En un susurro me soplo el enunciado de un verbo difícil. El profesor me sorprende. Aunque haya contestado correctamente, mi respuesta no es válida. Entretanto, por haber tratado de ayudarme, me obligan a dejar el aula. Me miro desesperadamente a través de la puerta de vidrio, haciéndome señas. Cómo pretenden que apruebe si no me permiten decirme nada. *Fero fers ferre tuli latum.*

Órdenes son órdenes

Yo soy solamente un Ejecutor. Los verdaderos responsables, los que dan las órdenes, están Más Arriba. Esa frase acostumbraba repetir para disculparse, cuando, un tiempo después de terminar Su Obra de seis días, empezaron a subir las primeras almas premiadas, quejándose de los groseros errores de la Creación.

En la mitad del mar

Otra vez en la mitad del mar tragando agua, otra vez desnuda y en la mitad del mar, y hay que ver el tamaño de las olas, de los pangolines, el tupé de los minúsculos boquetes, periquetes, el esfuerzo con que mi lengua de madera intenta articular debajo del agua espesa las palabras, las palabras (psicótica-clavo-inglesa). Mientras tengan sentido sé que el mar seguirá (psicótica-clavo-inglesa-ingleso), pero si consigo pronunciarlas, madera de mi lengua (psicótica-clavo-inglesa-ingleso-muchedumbre) y las escucho, tal vez atrape el hilo con los dientes, el hilo cosmos, el hilo laberinto, el hilo de la vida o del relato.

Pista falsa

Seguir el reguero de manchas, ¿no será peligroso? ¿Cómo saber que conducen hasta el cadáver, y no hasta el asesino? (Pero las manchas son de tinta y llevan hasta la palabra *fin*.)

Mala costumbre

Agotadoras pero necesarias las normas de convivencia social. Su quebrantamiento conlleva previsibles castigos. Meterse un dedo en la nariz equivale a renunciar a la comodidad de contar con los cinco que en cada mano nos ha provisto la naturaleza. Insistir en esa fea costumbre con los dedos que nos quedan puede conducirnos a una palma horriblemente mutilada, a más de incómodos problemas respiratorios.

La tabla del nueve

Seductor, insinuante, susurraba en mi oído la tabla del nueve. Y rodeaba ya con su elástica lengua mi cintura, cuando alcancé, con alivio, a ver mi propia cara.

Intuición femenina

Una mujer se da cuenta, me daría cuenta. Una mujer es perceptiva, es intuitiva. Habría gestos o silencios, exigiría pomelos o copos de maíz en el desayuno, en vez de tostadas como siempre, tendría una forma distinta de ponerse los pantalones pinzados que tanto nos costó encontrar en Miami (caminamos mucho, hacía calor), habría un timbre falso en su forma de calzarse los lentes de contacto con el dedo del medio: nadie podría enterarse antes que yo si fuera verdad que se fue, si no estuviera aquí, como me dicen.

Códice falso

Abate falsifica códice cuya antigüedad atestiguan altas autoridades. Códice incluye crónica de ciertos hechos sobresalientes del pasado. Investigadores descubren nuevas pruebas (documentos, objetos, relaciones) que confirman autenticidad de falsa crónica. Antes de morir, abate confiesa fraude pero tarde, el pasado está allí, fuerte, pesado y comprobable como un dinosaurio fósil, modificarlo provocaría hecatombes en el presente, confesor guarda secreto.

Fémur

A mi abuelo lo operaron. Le sacaron la cabeza del fémur, que se había roto, y le pusieron un clavo de platino. La cabeza del fémur se la quedó mi papá, de recuerdo. Anduvo dando vueltas por la casa hasta que mi mamá la tiró porque tenía mal olor. Cuando mi abuelo se muera yo quiero el clavo de platino.

Los duelistas

Los duelistas, distraídos en angustiosos pensamientos, no escuchan la voz de alto después de los doce reglamentarios pasos y siguen avanzando indefinidamente. El duelo se posterga pero no se suspende. Aunque finjan no reconocerse cuando se encuentren, sin testigos, en las antípodas, la presencia de los padrinos los obligará a lavar su vergüenza cuando vuelvan a encontrarse en el campo de honor. Se traen vituallas, se instalan tiendas de campaña.

Un lado y el otro

Se mueve en la cama, alza los brazos para protegerse de algo invisible, murmura palabras muy veloces que no alcanzo a entender y aunque la toque, aunque le grite y la sacuda no reacciona, me deja afuera, se queda despierta, del lado de la vigilia, o se duerme, quizás, pero en cualquier caso ya no sueña conmigo.

La fiesta

Al atravesar la puerta cancel hay un perchero. Se solicita a los invitados que dejen allí sus cuerpos, los que toman de inmediato una coloración lívida. Aunque esta precaución cumple eficazmente con su función específica, la de ahorrar trabajo de limpieza después de la fiesta a la anfitriona y sus criadas, quizá no sea buena idea. Muchos visitantes participan distraídos en las espirituales diversiones preparadas para ellos, porque temen que alguien les robe sus rasgos más preciados (los hoyuelos, los tobillos, cierta agradable relación entre anchura de hombros y caderas). Otros preferirían comer canapés. Los más, preocupados por la buena conservación de sus perecederos envases, se van demasiado temprano. Sin hablar de los que prefieren no venir, perderse la fiesta.

Espectros

Si los fantasmas se esconden a tu paso con temblores de sábana, si los esqueletos vuelven a zambullirse de un salto en sus propias tumbas, no te jactes, amigo. Nunca te jactes de asustar a los espectros. Las muecas de terror con que se apartan de tu camino no son más que simulacros con los que pretenden hacerte creer que todavía estás vivo.

Urnas colmadas

En el cuarto oscuro, desalentados, nos convidamos con caramelos. Sabemos que las urnas están colmadas de votos o de cenizas. Es imposible introducir un solo sobre más en esas cajas cuadradas llenas de restos calcinados que asoman por todas las hendiduras de la madera. Es desaconsejable seguir incinerando. Al despertar, el cuarto seguirá estando oscuro y, de todos modos, a nadie le interesan nuestros cadáveres.

Fruta con bichos

Muerdo una fruta. La fruta tiene gusanos. Los gusanos son contagiosos, dice mi mamá. Por eso me pica tanto. Me quito las zapatillas y las medias. Tengo gusanos blancos, movedizos, entre los dedos de los pies. Si me los saco, vuelven a brotar. Son molestos pero vale la pena: cuando mi hermana los vea, no va a querer morderme nunca más.

Cumpleaños en la playa

Me acusa de haber olvidado su cumpleaños. Es una acusación terrible que me hace caer, desolada y arrepentida, sobre la arena. En mi angustia, reviso tontamente los cajones de la memoria. Sé que jamás cumplió años en la arena y nunca así, con olor a mar y en el aire caliente del verano. Ahora surge una fecha precisa, en otoño, y ya es tarde para volver atrás, para recuperar la aliviante angustia de mi olvido. Aunque consiga, por pura fuerza de voluntad, cortar la torta sobre la silla de mimbre, mi culpa es infinitamente más grave. Porque la lógica ha convocado al despertar y el despertar a su constante muerte.

¡Huyamos!

¡Huyamos, los cazadores de letras est´n aqu´!

Bebé voraz

De vez en cuando, casi involuntariamente, el bebé muerde el pezón. Después sigue mamando. La madre lanza un breve grito pero inmediatamente recupera su placidez. Aunque progresivamente pálida, debilitada, mamá extraña durante el día a ese bebé gordo y rosado que sólo llega de noche, que se va gateando por el jardín poco antes del amanecer.

Espíritu

En estas humildes palabras está encerrado todo el espíritu de su autora: "Socorro, socorro, sáquenme de aquí".

Figurar

Para que sus almas, rescatadas del Limbo, fueran condenadas a la monótona felicidad del Paraíso, no les bastó con ser secretamente buenos, aunque fuesen de una bondad total, desmesurada. Sólo los que además de ser buenos fueron lo bastante famosos como para figurar en el Libro contaron, según el Dante, con esa prerrogativa. Como para no preocuparse de cuidar las relaciones con la prensa.

Sangre de la canilla

De la canilla brota un chorro de sangre que no cesa. La visión me tranquiliza: se trata de una pesadilla clásica que no han desechado como tópico ni la literatura ni el cine. Pasados los primeros meses, sin embargo, comienzo a inquietarme. A los dos años emprendo su comercialización a través de una fábrica de embutidos y también como proveedora de clínicas y hospitales. La progresiva anemia de la población favorece mis negocios. A los diez años mis influencias políticas me permiten resistir una investigación ordenada por el consorcio del edificio. Cuarenta años después, rica, anciana y poderosa, accedo al despertar que me devolverá a la pobreza y al agua, pero también a la juventud.

Ser conejo

Todo el día soy conejo y sólo por las noches reco-
bro mi forma humana. Para qué te habré tejido este
piyama, se queja mi abuelita, acariciando las grandes
e inútiles orejeras rayadas.

Problemas legales de las enredaderas

Una mujer se convierte en enredadera. Crece lentamente cubriendo las paredes exteriores y el techo de la casa. Sus herederos intentan ejercer sus derechos. Se nombra a un abogado, se acude a tribunales, se cosen expedientes. Sin embargo, resulta imposible certificar la muerte. La enredadera asiste a las audiencias con las raíces envueltas en algodón húmedo, exhibe sus documentos, responde cortésmente a las preguntas del juez, que (es evidente) le tiene miedo. Uno de los nietos se atreve a la tijera de podar. Al separar la planta de sus raíces, se derrumban las paredes de la casa, que sólo la enredadera sostenía. Lamentablemente, el terreno vale poco.

Surubí faldero

Qué hacer, mi Dios, con tanto surubí faldero, dispuestos los muy locos a invadirte la cama y no por hambre, señor, sino apenas en busca de cariño, jadeantes, las agallas de coral abiertas, aguantando la sed con la certeza de que se ha roto el dique, de que para la ola falta poco, ya se viene, ya soy yo quien los visita en su elemento, surubíes, con el intenso afecto de la asfixia.

Un caso de vocación frustrada

Un joven tenía vocación de árbol, pero su familia no le permitió desarrollar sus visibles aptitudes para ramificar y aun lo casaron contra su voluntad. Toda una vida de frustración resultó en una vejez horrible: se endureció, adelgazó, se volvió rígido y seco hasta el extremo de convertirse en antena de televisión. Esta leyenda explica entre nosotros el origen de las antenas de televisión, pero no su proliferación desmesurada.

Otra cultura

Hiciste mal en decirle lo que pensabas de su mujer sin conocer al menos algunas reglas de su ceremonial. Lo que entre nosotros es una mera cortesía, podría ser considerado un insulto grave o peor todavía, una expresión de tan devastadora sinceridad que no pudo resistirse a ella y quizá por eso estás ahora en esta situación, colmado por esa mujer que te borronea los límites, que se te ha entregado al punto de desbordar dolorosamente todos tus orificios.

A mi manera

Incluyen en una antología un cuento mío que nunca escribí. El tema es la erupción de un volcán. La lava cae en latigazos ardientes. La directora del espectáculo no se apresura. Su distracción es desesperante. El antólogo me confiesa que el cuento lo escribió Nalé Roxlo, a mi manera. Es tan bueno que acepto firmarlo. Como todos vamos a morir quemados, da lo mismo.

Excesivos ladrones

Robaron el equipo de audio y los candelabros y la comida de la heladera y los ceniceros de cristal de Murano y el televisor y hasta los equipos de aire acondicionado y robaron también la heladera misma y la mesita del televisor y el resto de los muebles y los dólares guardados en la caja fuerte empotrada en la pared del dormitorio y después robaron la caja fuerte y también la pared del dormitorio y después robaron el resto de las paredes y los cimientos que las sostenían y el techo que en ellas se sustentaba y las cañerías de bronce que las atravesaban y después robaron los árboles y flores del jardín y después el jardín mismo y el terreno sobre el cual había estado construida la casa y robaron el basamento de granito y varias capas geológicas incluyendo una durísima, de basalto puro, y las napas de agua que en ellas había y siguieron robando y robando hasta provocar la irrupción de la lava en una explosión volcánica que ocultó por completo las pruebas de sus fechorías, los terrenos circundantes, el pueblo entero y buena parte del partido del conurbano en el que se produjera el hecho delictivo y varias zonas de los partidos

125

aledaños y, merecidamente, a ellos mismos, por chapuceros, improvisados y sobre todo exageradísimos ladrones.

Secador de pelo

Digamos que estás con un secador de pelo. Digamos que el secador te ama. Digamos que pretende apoderarse de tu cuerpo por la persuasión o la violencia. Digamos que está soplando aire tibio sobre tu oreja izquierda, tal vez la más sensible. Digamos que podrías desenchufarlo a voluntad, si te lo propusieras. Después, callemos.

El vasto número

3452, 3453, 3454... Cuenta, para dormirse, el vasto número de los hombres (los imagina saltando una tranquera) que nunca fueron sus amantes.

El viejo y la muerte

El hombre muy viejo se jactaba de conocer a la muerte porque estaba más cerca de ella que otros hombres. Muchos le preguntaban cómo es, y para cada uno pensaba la respuesta que lo dejaría satisfecho. Es como antes de haber nacido, es como un rinoceronte ciego, es como la cocina de la casa de tu abuela. Así decía, y por sus palabras era amado. Sin embargo, la muerte lo había visitado ya, sin que él fuera capaz de reconocerla: y hacía mucho que estaba en ella sin saberlo.

Química de los sueños

Impulsos eléctricos de alto voltaje, caóticos y sin sentido, liberan olas de productos químicos que invaden nuestro cerebro desencadenando el mecanismo fisiológico del sueño. Soñamos, entonces (horrenda pesadilla), que invaden nuestro cerebro olas de productos químicos liberados por sin sentido y caóticos de alto voltaje eléctricos impulsos.

Terreno

Una mujer me llama por teléfono para ofrecerme un terreno en un cementerio privado. Mis excusas no la desalientan: su trabajo consiste en rebatirlas. Con energía y convicción de buena vendedora me fuerza a situarme tan vívidamente en el después de mí que mis colores se deslíen, me trasluzco, se adelgaza mi voz en el teléfono y, lo que es peor para ella, mi firma no tiene ya validez en ningún banco.

En cajas de cristal

Lenin y Blancanieves en sus respectivas cajas de cristal y esa larga fila de príncipes azules, de turistas, que no alcanza sin embargo a colmar la pavorosa ausencia de enanitos.

Tranquilizante

Me dicen que me tranquilice: el grito que acaba
de asustarme salió de mi propia boca. Como no
puedo mirar mi propia boca, la palpo con las dos
manos tratando de percibir en la textura de los labios
alguna huella del paso de semejante alarido. Por fin
encuentro rastros en el temblor de la comisura
izquierda, en la rigidez de la lengua, en la baba
espumosa que me chorrea por la barbilla. Qué tran-
quilizador.

Vida o Muerte

El juego se llama Vida o Muerte y lo mejor es operar a los pacientes. Pero como no conocemos bien las instrucciones (el juego lo copiamos en lugar de comprarlo) los enfermos siempre se nos mueren. El juego es divertido pero termina mal. A nosotros nos va a pasar lo mismo. Jugando, tratamos de olvidarnos.

Demasiado joven

Un hombre demasiado joven se acerca a una mujer. No sabe todavía qué desea de ella. Quizá solamente eso: estar cerca. Sentir su olor. Mirar detalladamente sus manos, la filigrana de su piel. Tocarla. Comer, con una salsa liviana, un bife de su nalga derecha a la parrilla. O pedirle que le preste dinero.

Discusión científica

Es un virus, dice uno. Es una clara, evidente bacteria, afirma otro, con más títulos. Llamémoslo microorganismo, propone, conciliador, un tercero. En todo caso no hay dudas de que se trata de un microorganismo pequeño pero bien formado, con características capaces de enloquecer a cualquier científico. En este momento está haciendo un *strip-tease*.

La cabeza

Llega un hombre llevando en la mano una cabeza que no es la suya. La cabeza mueve los ojos, abre la boca, se queja débilmente. Se produce una situación incómoda. Los más chicos se asustan. Los más grandes dicen que se trata de una cabeza artificial, un juguete. Se intentan explicaciones: si esta cabeza se para (así, ¿ves?) basta ponerle otra vez las baterías para que vuelva a funcionar. Si este hombre se para (así, ¿ves?) ya no funciona más y hay que reemplazarlo por otro. A continuación entran varios hombres y se llevan la cabeza y el cadáver.

Momento de placer

Todo está dispuesto para el placer, pero el placer no llega, se retrasa, tarda en vestirse para la fiesta, sufre emboscadas, se le enganchan los bordes de la túnica en las ramas más bajas, lo detiene un funcionario de inmigraciones. Todo estaba dispuesto para el placer y sin embargo, cuando el placer llega, la fiesta ha terminado. Hay que comprender, entonces, que se duerman así, enseguida, de espaldas, silenciosos y frustrados.

El último café

Las manos de la mujer desgarraban inútilmente una servilleta de papel: por última vez, dijo, con voz lenta. Él tenía manos oscuras y con mucho vello y acarició una de las manos de la mujer sobre la mesa del bar: por última vez, repitió. Y aunque los dos sabían que era mentira, se miraron con angustia verdadera, porque sabían también que la emoción estimula el deseo, fija el recuerdo y justifica, sobre todo, la tristeza.

Mirando tele

Qué raro estar así, en el sofá, mirando mi propia cara que gesticula torpemente en la pantalla. El programa no es malo pero mi actuación deja mucho que desear. No reconozco mi voz, mis gestos me parecen falsos, reiterados, poco espontáneos. Y lo más raro, tal vez, es que el programa va en vivo.

Cambio de roles

Al principio nos picaban los tobillos. Nos aliviábamos la picazón de las ronchas con pasta dentífrica, con rodajas de papa o de pepino. Después crecieron. Por una breve temporada fue posible emplearlos como bestias de carga o de tiro. Se dice ahora que nuestras actividades cotidianas, aun las más rutinarias, les causan un insoportable escozor. Como su tamaño excede el de nuestro concepto del cosmos, resulta imposible comprobar la existencia de semejante prurito.

Agua fría

Agua fría en la cara para borrar los rastros del sueño, para borrar los restos de la pesadilla. Agua fría en la cara lisa, sin facciones: borrada.

Somorgujar

Nunca somorgujes tu cabeza durante un lapso mayor del que recomiendan los manuales y mucho menos con los ojos abiertos. Los trescientos años de vida de una ninfa de río no compensan la pérdida de tu existencia humana, y mucho menos la de tus lentes de contacto.

Aviso clasificado

¿Terreno de amplias medidas en zona poco valorizada? ¡Confíenos su traslado! Nuestro personal especializado sabrá elevarlo con todo el cuidado que su lote merece, respetando sus lindes, sin modificar su flora y fauna naturales y ubicándolo en el barrio residencial que usted elija.

a Carlos Sorín

Guión cinematográfico

En una primera versión la protagonista es muy
joven, apenas adolescente, pero se percibe que así resulta difícil ahondar conflictos, se la ubica entonces
en los veinticinco años, es rubia, está casada, hasta
que súbitamente se la prefiere hombre, un muchacho
charlatán que envejece de un día para el otro, ciertas
exigencias argumentales lo convierten en un anciano
débil de mirada rojiza, legañosa y a continuación en
una niña demasiado astuta. En el momento de transformarse la niña en perro, en ese viejo pastor inglés
que se ganará, simpático y lanudo, el aplauso del público, sus células estallan desparramando sobre la
mesa de trabajo una sustancia gelatinosa y ardiente
que devora el material bibliográfico, los cassettes, al
guionista mismo, el edificio de la productora y poco a
poco el mundo, la galaxia, el universo entero reduci-
do a ese punto mínimo, previo al primer latido, una
historia que cualquiera podría encontrar monótona,
uniforme, pero que encierra todas las historias para

ese Conjunto de Olímpicos Espectadores que aplauden, Divinamente fascinados.

Los amantes

Hablaban siempre de una reencarnación que les permitiría besarse en público. Murieron juntos, en un accidente, en una de sus citas clandestinas. Él reencarnó en un elefante de circo y ella en una petunia. Como la vida de las petunias es muy breve, se produjo un fuerte desfasaje. En la siguiente reencarnación, los dos fueron humanos, pero con sesenta y tres años de diferencia. Ella llegó a ser Papa y él una graciosa niña a la que se le permitió besar su anillo en una audiencia.

El Ángel de la muerte

El Señor de la Mansión a ti me envió: yo soy el Destructor de los Goces y El que Dispersa las Reuniones. Así dijo Azrael, el Ángel de la muerte, al desdichado monarca.

Rogó entonces el rey un día de plazo, para devolver las riquezas ilícitas que guardaba en su erario, y no cargar con ese débito en la cuenta de sus malas obras. Pero anunció el Ángel, con espantable voz, que los días de su vida estaban contados y sus alientos marcados y sus momentos escritos y anotados. Y el rey pidió entonces sólo una hora más: y aun esa hora, dijo el Ángel, estaba incluida ya en la cuenta, y escrito estaba su sino y cumplirse debía en ese instante. Y tomó el Ángel el alma del rey y el rey rodó de su trono y cayó muerto.

Y he aquí que los hombres se preguntan: si escrito estaba, consignado y sellado, el exacto punto de su muerte, ¿por qué o para qué se detuvo el Ángel a discutir vanas razones?

Y Alguien responde: fue para que esta historia pudiera ser contada.

Mago y sultán

El mago introduce la cabeza del sultán en las aguas mágicas del estanque, donde podrá vivir y sentir diversas maravillas. El hechizo no da resultado y el sultán se ahoga. Vivado por los guardias del palacio, el mago se convierte en sultán. Como primera medida de gobierno prohíbe que entren magos en su reino.

El ateo ferviente

Un hombre practicaba un ateísmo casi místico. Creía fervorosamente en el daño que puede producir la creencia en lo sobrenatural. Sin embargo, nunca permitió a sus hijos que abrieran un paraguas adentro de su casa o pronunciaran en voz alta la palabra muerte, pero no por fe, sino por buena educación y por prudencia. La muerte vino igual, porque no necesita ser llamada.

Interrupción imprevista

Una sola vez me atreví a interrumpirla, con tan malos resultados, con tan frenética y absurda reacción de mis parientes, que he decidido dejar que siga adelante hasta su fin natural. Aquí estoy, esperando que se termine de una vez esta muerte tan larga y aburrida.

Cuatro paredes

Siempre encerrada entre estas cuatro paredes, inventándome mundos para no pensar en la rutina, en esta vida plana, unidimensional, limitada por el fatal rectángulo de la hoja.

Otra vez discutiendo

Otra vez discutiendo con mi madre y ella es la que tiene razón. Mis palabras son hirientes, violentas, y ella es la que tiene razón. Me retuerzo de angustia mientras grito cada vez más ferozmente y ella es la que tiene razón. Me despierto pero no sirve de mucho: ella igual sigue siendo mi madre, todo el tiempo.

Prensa libre

Si un periodista es cortésmente invitado a visitar
el infierno, se corre el riesgo de que no resista la con-
templación de los castigos. Una súbita fulguración de
sus tripas y la necesidad concomitante de visitar las
instalaciones sanitarias podrían conducirlo a denun-
ciar sus graves deficiencias. Por eso se prefiere invitar
a los poetas.

Rumor en la corte

Se dice en la corte de los zares que adentro de un oso de los bosques de Y... hay un zorro, y que si alguien mata a ese zorro y trata de desollarlo verá salir de su vientre a un ánade, y en el interior de ese ánade, que es hembra, hay un huevo, y si se rompe ese huevo se hallará un alfiler de plata en su yema y si se clava ese alfiler de plata en el dedo mayor del zarevich, el imperio será destruido y su corte dispersada y los zares morirán y morirán sus mayores y sus vástagos y familiares. Cierto es que los bosques de Y... están cercados y custodiados, pero los cazadores son muchos, se sospecha que los hay en la mismísima custodia, en todo caso es octubre y hace frío.

El curador

En una lejana, leve colina, el curador aguarda, como cada día, en su choza. Y llegan ya. Llegan los ciegos y las histéricas, llegan las várices y las jorobas y el curador pone sus manos sobre las pústulas y las llagas se cierran y las vértebras se organizan, enfilándose a su mandato, y los tumores se convierten en un leve vapor azulino que se eleva en el viento para posarse y reconstruirse en otro cuerpo porque nada se pierde y todo se transforma y se van los que ahora ven con sus jorobas nuevas, y las histéricas reciben sus várices y las varicosas enceguecen y los que llegaron en silla de ruedas corren con sus tumores a cuestas y nadie se queda sin su llaga, salvo los que vinieron pustulosos y los que pagaron la excursión en dólares por adelantado, porque ellos son los pobres de espíritu.

Infancia

Entrechocarse es, entre ellas, apenas un juego, una mera exhibición de su temperamento infantil. Nada más justo que permitirles entretenerse con variados postres, ensayando su resistencia a las altas temperaturas con el té o con el café con leche, cuando todos sabemos que la adultez las condenará para siempre a la monótona rutina de la sopa. Es injusto, en cambio, comentar con indignación mal reprimida los inocentes hábitos sexuales de las cucharitas.

El contorsionista

Vimos en la tele a un hombre alto y musculoso que se doblaba en muchas partes para caber en una caja chica, de vidrio. El animador dijo que el hombre se iba a quedar allí, sin comer ni beber y casi sin respirar, por muchos días, controlado por tres escribanos. Sin embargo, cada vez que el escribano del turno noche se duerme, el hombre sale del televisor apagado para ir al baño, roba comida de la heladera y nos respira bien fuerte por toda la casa.

El respeto por los géneros

Un hombre despierta junto a una mujer a la que no reconoce. En una historia policial esta situación podría ser efecto del alcohol, de la droga, o de un golpe en la cabeza. En un cuento de ciencia ficción el hombre comprendería eventualmente que se encuentra en un universo paralelo. En una novela existencialista el no reconocimiento podría deberse, simplemente, a una sensación de extrañamiento, de absurdo. En un texto experimental el misterio quedaría sin desentrañar y la situación sería resuelta por una pirueta del lenguaje. Los editores son cada vez más exigentes y el hombre sabe, con cierta desesperación, que si no logra ubicarse rápidamente en un género corre el riesgo de permanecer dolorosa, perpetuamente inédito.

El domador de ombúes

Un ombú amaestrado es un espectáculo digno de verse. Los hay capaces de resolver problemas matemáticos simples (sumas y restas), aunque muchos afirman que es un truco. Hubo un domador que exhibió a su ombú dando vueltas a la pista en un monopatín, causando destrozos en la platea y pánico entre los niños. Entonces el director del circo atacó al ombú con un hacha, pero aparentemente el accidente fue una excusa, aparentemente algo había entre ese solitario gigante de las pampas y la mujer del director. El domador cobró el seguro y nunca quiso contar nada.

Dura lex

Dura lex sed lex. Se resiste a los golpes de escoplo con los que pretendo otorgarle una forma más amable o menos tortuosa. La ley es dura. Se resiste incluso al martillo neumático. Los ácidos corrosivos erosionan apenas su pétrea textura. Sin embargo, regándola adecuadamente por las tardes, se la verá brotar, desarrollar reglamentos largos, verdes y flexibles, que crecen en intrincadas volutas por las que no es imposible deslizarse. La ley es dura pero tiene sed.

Tomarle el gusto

Tiran a una mujer a las vías. El tren le destroza las piernas. Aunque las cámaras no estaban presentes en la estación, el suceso se transmite por televisión: se entrevista a la mujer en el hospital, un comunicador hace comentarios sobre los jóvenes vándalos y la falta de seguridad en los andenes.

Al día siguiente arrojan a las vías a una anciana mendiga y a una maestra joven, que no sobreviven. En la semana se producen varios nuevos atentados. Un canal instala su equipo de exteriores en la estación más concurrida. Ahora es posible observar la muerte o la mutilación de las víctimas con más detalles y en el momento mismo en que se produce. La oportunidad de la fama estimula la acción de los vándalos.

Pero el público termina por hartarse de un espectáculo demasiado repetido. Al mismo tiempo la mayor parte de la gente (excepto algunos suicidas) se mantiene alejada de las vías u opta por otro medio de transporte; la policía, por su parte, extrema su presencia y el problema debería haber sido completamente controlado, sólo que el tren, ahora, está cebado: se descarrila, choca, acecha, fuera de horario, en

162

las plazas, en las esquinas, en cualquier dormitorio de la ciudad. (Esta incertidumbre incluye los departamentos en pisos altos.)

Crimen

El hombre levanta el arma. Por un segundo su destino es incierto. Mira a su alrededor. Sabe que ninguno de los objetos que lo rodean modificará su forma o su sentido cuando él se convierta en asesino. El pequeño acto que está a punto de ejecutar sólo cambiará su propia historia y la historia de su víctima. Observa sin piedad los cambios físicos que impone el terror: el temblor espasmódico, la lipotimia que empalidece los labios y confirma las ojeras del condenado. Después, dispara y cae, salpicando levemente el espejo.

Respuesta a una carta

Un lector me escribe contándome que discutió con su abuela y que lo lamenta mucho y que su abuela tenía razón pero no puede pedirle disculpas porque ya está muerta. Todo está en volver a encontrarse con ella, le escribo yo, a vuelta de correo: si la abuela murió después de la discusión, será en otro mundo, y si murió antes, será en otro sueño.

Pero el correo no es confiable, mi respuesta tarda demasiado y las personas no quieren consejos sino perdón.

Caníbales y exploradores

Los caníbales bailan alrededor de los exploradores. Los caníbales encienden el fuego. Los caníbales tienen la cara pintada de tres colores. Los caníbales están interesados en el corazón y el cerebro, desprecian la carne tierna de los muslos, el resto de las vísceras. Los caníbales ingieren aquellas partes del cuerpo que consideran capaces de infundir en ellos las virtudes que admiran en sus víctimas. Los caníbales se ensañan sin goce en su banquete ritual. Los caníbales visten las prendas de los exploradores. Los caníbales, una vez en Londres, pronuncian documentadas conferencias sobre los caníbales.

El sueño del califa

Hixem el III, de la dinastía de los umeyyas cordobeses, tuvo (según el historiador Al-Forkad) un sueño profético en el que Alah le anunciaba la victoria de sus tropas (después confirmada) sobre los berberiscos.

En realidad Hixem el III soñó muchas veces con la victoria y con la derrota y también soñó muchas noches seguidas con su padre o con la barba de su padre. El viejo o la barba le aconsejaron, alguna vez, enfrentar a los berberiscos, pero otras veces lo conminaban a la huida y otras le proponían evitar la batalla mediante las artes de la diplomacia.

Pero sólo los sueños confirmados merecen formar parte de la historia.

Entrega de premios

El jurado elige a los ganadores. Los premios son pequeños y movedizos. Es necesario recurrir a la fuerza pública para que los premiados acepten recibirlos. El jurado escapa entre los abucheos del público que recibe a continuación, alborozado, las bases del próximo concurso.

Los fósforos

Los fósforos en nada se parecen a las hormigas.
Tienen hábitos reverberantes y nocturnos, apenas gre-
garios, y se resisten a constituir una sociedad colecti-
va en la que la vida de cada miembro importe poco.
Cada vez que se enciende uno, es una personalidad
individual la que se apaga. Sólo te admitirán entre
ellos si estás dispuesto a que tu cabeza estalle en un
instante absoluto, orgásmico, final, cuyo presumible
éxtasis es imposible asegurar de antemano.

Hambre colectiva

Cuando un ómnibus ha devorado más hombres y mujeres de los que aceptan alegremente sus entrañas, su proceso digestivo se ve interrumpido abruptamente. Cesa, por falta de espacio, el convulsivo batir de su estómago, se limita la secreción de jugos gástricos y los pasajeros son excretados por la puerta posterior prácticamente intactos. La Secretaría de Transportes no se hace responsable de aquellos que se atrevan a viajar en un ómnibus vacío.

Programa de entretenimientos

Es un programa de juegos por la tele. Los niños se ponen zapatillas de la marca que auspicia el programa. Cada madre debe reconocer a su hijo mirando solamente las piernitas a través de una ventana en el decorado. El país es pobre, los premios son importantes. Los participantes se ponen de acuerdo para ganar siempre. Si alguna madre se equivoca, no lo dice. Después, cada una se lleva al hijo que eligió, aunque no sea el mismo que traía al llegar. Es necesario mantener la farsa largamente porque la empresa controla con visitadoras sociales los hogares de los concursantes. Hay hijos que salen perdiendo, pero a otros el cambio les conviene. También se dice que algunas madres hacen trampa, que se equivocan adrede.

En la red

Mi presencia personal en la red telefónica no contribuye a su normal funcionamiento. Sin embargo, indiferente a las quejas de los abonados, sigo entrometiéndome en la débil corriente de electrones que empuja mi cuerpo a lo largo de los cables, dilatados a mi paso como el cuerpo de una boa que traga y digiere a su presa. Desecho encrucijadas, esquivo ondas invasoras, acompaño personalmente a mi voz para que llegue a destino. En la casa u oficina del receptor, saludo cortésmente y a la velocidad del sonido me retiro, muda, hasta el aparato desde el que inicié mi viaje, con la tranquila seguridad de haber dejado mi voz en el lugar donde debe cumplir su cometido.

Fiel a sí misma

Pero mirate un poco, qué increíble, si no cambiaste nada, me dice, halagador, un viejo conocido: igualita que hace tantos años. Yo berreo con placer de vanidad y, en brazos de mi fatigada nodriza, sigo mamando.

Mil posibilidades

Cuando adolescente, se desplegaban ante mí, como un abanico, todas mis posibilidades: podía llegar a ser piloto de avión o maestra, ama de casa, escritora, boxeador o torre de petróleo. Con el tiempo, con cada opción, con cada vuelta del camino, el abanico se fue cerrando, creciendo en una sola dirección, hasta convertirse en un destino único, enhiesto, solitario: definitivamente torre de petróleo.

Prejuicios

Las mujeres hermosas son tontas o brujas, aunque haya también tontas malas, brujas feas, estúpidas horrendas, aunque todas ellas quepan en una sola frase que podría borrar, haciéndolas desaparecer (pero sólo a las hermosas) de la faz de la tierra.

El que no espera

La tranquila seguridad de saberse muerto y que alguien venga a golpear (¡con impaciencia!) en la tapa del cajón.

Poesía eres tú

Tu presencia y tu voz lo invaden todo, constantemente, ya no te escucho pero aun así te oigo, ese
sonido discordante convertido en la música de fondo
de mi vida, esa masa compacta de ruidos de la que
por momentos mi mente extrae algún sentido, en la
que me muevo pesadamente, como un buzo agobia-
do por las muchas atmósferas que presionan su cuerpo contra el fondo del mar. Tal vez por eso, amor mío,
me gustas cuando callas porque estás como ausente.

El grito irresistible

El grito de la cólera del Ángel Exterminador es tan recio y espantable que nadie puede resistirlo. Dos hombres jóvenes intentaron resistirlo a la manera de Ulises, con cera en los oídos, pero el grito penetró por los demás orificios de sus cuerpos, haciéndolos estallar. Una anciana intentó resistirlo refugiándose en su indiferencia senil, pero el grito destruyó su indiferencia, agotó su senilidad y la anciana murió convertida en una intensa joven de veintitrés años. El Ángel Exterminador mismo intentó resistirlo y perdió casi todas las plumas de sus alas, y perdió su cólera y su voz y perdió para siempre el deseo de gritar y desde entonces el Apocalipsis no es posible.

Bestialismo

Los humanos condenan el bestialismo, prueba fehaciente de que también lo practican. En relación con la epidemia de transmisión sexual que los diezma, africanos y estadounidenses se acusan mutuamente de sus relaciones con los monos o con los virus. La interacción de los americanos con los virus habría producido, incluso, modificaciones en la carga genética de estos últimos. Así como la mula es producto de la unión de un caballo con una burra, el HIV sería el producto híbrido (pero no estéril) del intercambio entre un científico y un virus.

Tortugas

Siete tortugas sostienen el mundo. Esta circunstancia tan evidente hace apenas unos milenios, resulta hoy muy difícil de probar. Son invisibles y son gigantes. Su enorme masa atrae a nuestro planeta, obligándolo a adosarse a su caparazón. Los incrédulos preguntan por los puntos de contacto. No vale la pena responderles: una de las siete tortugas está a punto de morir. Se desea lo que no se tiene.

La temporada de fantasmas

Se abre la temporada de fantasmas. El primer fantasma entra en un bar. El tipo que atiende la barra le ofrece un whisky. Nunca tuve oportunidad de probar la coca cola, le dice el fantasma, muy triste. Pero cuando se la traen y trata de tomársela, el líquido le atraviesa la niebla y se derrama. Pronto empezarán a llegar los turistas y el dueño del bar quiere tenerlo limpio. Al mismo tiempo, los fantasmas son la principal atracción para los clientes. Los gustos, piensa el hombre con fastidio, hay que dárselos en vida.

Copista equivocado

La acróbata echa fuego por las narices y los paya-
sos se atraviesan con espadas y los elefantes tienen
las trompas obturadas con tapones de acrílico y los
leones vomitan la cabeza del mago y si la tradición
menciona círculos es quizá por error de algún copis-
ta: en ocho circos (un solo director con su tridente)
seremos castigados.

Así soy

Aquellos que conocen mi máscara, pero no mi cara, se resisten a creer que mis rasgos auténticos puedan ser aun más desagradables. Aquellos que conocen mi cara, pero no me conocen, se resisten a creer. Aquellos que me conocen, simplemente se resisten.

El viejo diablo

A un hombre se le apareció el diablo sin patas de
chivo, sin barba ni cola, sin tridente ni nada pero
enseguida supo que era el diablo porque tenía la cara
de la vicedirectora de la tarde de la escuela número
quince, consejo escolar séptimo, cuando había tomado vino en el almuerzo o estaba haciendo dieta.

El disfraz

Oculta bajo este disfraz, maté a un pariente cercano. No van a descubrirme. No recibiré el castigo que deseo y temo. Sin embargo, lo quería mucho. Sin embargo estoy desnuda.

a Mempo Giardinelli

Taller literario I

Su vocación por el cuento breve es indudable. Sin embargo, creemos que debe usted frecuentar más a los grandes narradores. Los tres textos que nos envió, aunque todavía imperfectos, denotan una gran vitalidad. Le rogamos pasar cuanto antes por esta redacción a retirarlos. Son exigentes y violentos, se niegan a aceptar el dictamen de nuestros asesores, es difícil, sobre todo, contentar su desmesurado apetito.

Taller literario II

Original, infrecuente, la idea de su texto. Y también un desafío para volver a ella y profundizarla. La función del anillo, por ejemplo, merece ser esclarecida. Y ese Lowenstein es un personaje interesante pero poco funcional. Por cierto que nos gustaría verlo desarrollarse, aunque no en este texto: creemos que ese carácter cruel, ese aliento a manzana podrida, merecen una historia más sórdida. Esperamos que en la reelaboración de su texto lo deje usted de lado (por razones que hacen a la estructura del relato). No es posible, por ejemplo, que Lowenstein ataque de ese modo a la señora Ribbentrop. Y le advierto que si vuelve a intentarlo, lo voy a impedir aunque tenga que golpearlo o desollarlo, estoy dispuesto a convertir sus podridos intestinos en un moño, si fuera necesario para defender a esa pobre mujer. Reescriba, entonces, y vuelva a enviarnos su material cuanto antes, porque tenemos mucho interés en conocer sus progresos. ¡Adelante!

La gotera

Tengo una gotera en el techo del dormitorio. El teclear de la lluvia le da sueño. Cada vez que bosteza, un chorro de agua oxidada cae sobre mi cama. Cuando, subida a la escalera, estoy por fin a punto de alcanzarla, huye impunemente hacia el cielo raso de la cocina. Aunque como hembra la comprenda, sigo tratando de cazarla: en su avanzado estado de embarazo, su instinto de supervivencia amenaza la mía.

Preverlo todo

Viajó dos horas en el tren de las cuatro y ahora está parado en la calle con árboles mirando un regador automático que gira sobre el césped de una manera irregular y novedosa, formando arco iris siempre inesperados. Ahora va a entrar en la casa para matar a la mujer con la pequeña Bersa 22 que lleva en el bolsillo, envuelta en un pañuelo. No es un arma muy potente: tendrá que apoyársela directamente sobre la frente o el oído para asegurarse. Pero el verano es dulce y en el temblor de las gotas de agua sobre el césped el hombre descubre que ya no está enamorado. Lo peor, lo que no había calculado, es tener que volverse en ese maldito tren en hora pico.

Teóloga

En el siglo VII después de Cristo, un grupo de teólogos bávaros discute sobre el sexo de los ángeles. Obviamente, no se admite que las mujeres (por entonces ni siquiera era seguro que tuvieran alma) sean capaces de discutir materias teologales. Sin embargo uno de ellos es una mujer hábilmente disfrazada. Afirma con mucha energía que los ángeles sólo pueden pertenecer al sexo masculino. Sabe, pero no lo dice, que entre ellos habrá mujeres disfrazadas.

Los granos de arena

Los granos de arena no tienen Rey. Actúan por impulso, desorganizadamente, movilizados por caudillos menores, por lo general de mica o madreperla. El viento, las pisadas o las mareas provocan disturbios en sus comunicaciones. Basta una ráfaga para separar indefinidamente a dos interlocutores. Sus científicos investigan un sistema de reproducción que haga innecesario el contacto prolongado entre sus sexos. Ojalá no lo encuentren.

Las desdichas tendidas

Por la noche, ladrones pobres me roban la ropa tendida. A la noche siguiente pongo a secar (bien estrujadas) mis desdichas mojadas por el llanto. A la mañana siguiente soy definitivamente feliz.

Esponjas acústicas

Capitán holandés (siglo VII) ve o imagina ver en
Tierra del Fuego esponjas capaces de absorber y
expulsar el sonido. Esta información me la transmite
la mismísima voz del capitán Voosterloch, presa en el
esqueleto de una de ellas. Después, lamentablemente,
no sirve más que para enjabonarse.

Antiguo cuento japonés

En un antiguo cuento japonés el zorro desafía al tejón. Ambos son versados en las artes de la transformación: intentarán, por turnos, engañar a su rival.

A un costado del camino el tejón, que es piadoso, ve un templo. Adentro hay varias estatuas de Buda. Cuando está a punto de depositar su ofrenda, nota que una cola de zorro asoma desde atrás de una de las estatuas. Tirando de la cola, templo y estatuas vuelven a ser zorro.

El zorro sigue andando por el camino. Lo interrumpe el cortejo de un príncipe. Adelante va el ejército. De un empujón, un soldado lo aparta del camino. A continuación, en caballos lujosamente enjaezados, siguen los cortesanos, rodeando la litera del príncipe, que se asoma entre cortinillas de brocado. Una multitud de mendigos viene detrás, luchando por las piezas de cobre y de plata que los cortesanos arrojan. El zorro espera sin impaciencia. El último andrajoso tiene cola de tejón. Al tirar de la cola, todo el cortejo (ejércitos, cortesanos, litera, príncipe y limosneros) vuelve a ser tejón.

Entonces el zorro se transforma en antiguo cuento japonés y gana. Se invita al lector a descubrir la cola.

Ser clavo

Ser clavo es ingresar en una jerarquía de individuos recios, violentos, con tendencias sado-masoquistas, proclives a despreciar la condición vueltera de sus parientes tornillos, que atribuyen a la ranurada división de sus hemisferios cerebrales.

Los rosarinos

Soñé con rosarinos. Los rosarinos eran dos, eran verdes y vomitaban flores. Tenían el cuello muy largo. Le conté el sueño a mi papá, que estaba vivo y tenía la cara cubierta de crema de afeitar. Papá me dijo que había confundido rosarino con dinosaurio. Yo era muy chica. El recuerdo de la escena real no es como el recuerdo del sueño. Pobre de vos si se entera un rosarino, me dijo mi papá. Estábamos en el baño grande de la casa de San Juan y Boedo. Desde entonces, pobre de mí, los rosarinos me dan un poco de miedo.

El niño Sabugo

A Sabugo le decían besugo hasta que se aburrió del apodo y abrió las agallas en plena clase de geografía. Desde ese día ya no se tomó el trabajo de afeitarse las escamas y en el colegio le decían Sabugo, para llevar la contra.

Maceta natural

Si tiene la forma adecuada para contenerlas y tierra suficiente para sus raíces, no te sorprendas de que florezcan begonias en tu ombligo. Aunque es preferible que sigas ocultándolas bajo la ropa holgada, fingiendo preocuparte por el inmoderado aumento de tu vientre, debes enorgullecerte de ellas cuando te desnudes delante de una mujer: son tus begonias, únicas, gloriosas, intransferibles, capaces de enloquecer a las hembras más esquivas, o al menos es bueno, corazón, que así lo crean.

Robinson desafortunado

Corro hacia la playa. Si las olas hubieran dejado sobre la arena un pequeño barril de pólvora, aunque estuviese mojada, una navaja, algunos clavos, incluso una colección de pipas o unas simples tablas de madera, yo podría utilizar esos objetos para construir una novela. Qué hacer en cambio con estos párrafos mojados, con estas metáforas cubiertas de lapas y mejillones, con estos restos de otro triste naufragio literario.

Identidad en el cambio

Si en tu habitual caminata por la senda de grava de este parque te sucede patear o pisar involuntariamente un bacilo pequeño, no temas la represalia de sus mayores. Su desacompasado crecimiento no los ha hecho menos indiferentes a sus crías.

Dificultades con el alquiler

Haber viajado a Europa con Rosalba sólo para nadar en la pileta y descubrir que te olvidaste el toallón. Recurrir a tus conocimientos de francés: alquilar es *louer*, pero ¿cómo se dice toallón? El diccionario quedó del otro lado: el que despierte para consultarlo, perderá para siempre la posibilidad del baño.

Lipoaspiración

La lipoaspiración es sólo una técnica, una herramienta. ¿Culparías acaso al martillo del golpe que, violentando el occipital, deja expuestas y aun desbordantes determinadas zonas del encéfalo? ¿Por qué culpar entonces a la lipoaspiración de ser (tan a tu pesar) molusco celenterado?

Apetencias eróticas

Sobre las apetencias eróticas de ciertos microorganismos, se ha escrito poco. Como si todo en ellos fuera solamente reproducirse, como si no existieran esos bailes feroces, el cortejo desmesurado en relación con su tamaño, el lento despojarse de las membranas que culmina en la fusión de citoplasmas, la vibración salvaje de las columnas de ADN enroscándose y desenroscándose en un minúsculo pero enfebrecido gozar, con las cilias desatadas al viento líquido del agar agar, haciendo temblar, en fin, la mano de quien pretenda describir su frenesí o consignarlo, confundiendo las conexiones axón-dendrita para que sobre sus apetencias eróticas se siga escribiendo poco, muy poco.

Los hijos del súcubo

En cierta habitación del fondo de su casa, un hombre casado mantiene relaciones con un súcubo. Cuando el hombre muere, el hijo de la diablesa pretende heredar la casa. Su medio hermano nacido de mujer amplía la base en litigio demostrando que una parte del infierno le corresponde como bien ganancial de su padre. Presenta un proyecto en el que propone parquizar el sector, dotándolo de electricidad, agua corriente y cloacas, con calles asfaltadas para beneficio de la comunidad. Consultados los peritos, se inclinan por las ventajas del infierno original destacando el peligro ecológico de modificar el hábitat de las almas condenadas. Finalmente el juez entrega la casa al hijo diablo (pero hay sospechas de soborno o amenazas).

Invasores

Admitamos que son pequeños y numerosos. Admitamos que no comprenden tu lenguaje. Admitamos que intentaste, desesperadamente, comunicarte por señas. Admitamos (y no es mucho admitir) que tus señas tienen otro significado en el lenguaje gestual de su cultura. Aun así deberían saber ya que nada justifica su insistente presencia en tu torrente sanguíneo.

Historia para ser creída

Refiere John Aubrey que Thomas Traherne refería que vio una canasta flotando en el aire y la canasta era un fantasma. Resulta difícil determinar, por mucho que se relea el texto, si esta es una conclusión de Aubrey o una constatación de Traherne. Lo que hace verosímil el efecto espectral es, en todo caso, cierta duda del segundo narrador, que no puede recordar si el primer narrador y protagonista de esta historia hablaba o no de que hubiera visto, en la canasta flotante, también frutas.

Viejo pirata

Viejo pirata, mano de garfio, parche en el ojo, piernas intactas, sexo de palo. Con ciertas ventajas: sólo él, entre sus antiguos compañeros de oficio, está todavía en condiciones de violar a las doncellas de Maracaibo. Con ciertas concomitantes desdichas: su descendencia no es gente marinera, les gusta el olor de la tierra, su textura, allí donde nacen se quedan para siempre, tienden a echar raíces.

Los arduos alumnos de Pitágoras

Los hombres y las cosas, ¿vuelven cíclicamente? Y, en ese caso, ¿cómo vuelven? ¿Vuelven exactamente igual o con ciertas modificaciones, casi imperceptibles pero que sin embargo cuentan? Este texto, por ejemplo, podría volver a ser escrito por mi misma mano, sobre este mismo papel, pero con hotra hortografía. Los ombres y las cosas buelven cíclicamente. Digamos que en otro ciclo todo es igual pero, por ejemplo, no existe el SIDA, digamos que el Fondo Monetario le acuerda el préstamo a la Argentina un mes antes o un mes después. Y me doy cuenta, entonces, de que en este nuevo ciclo podrías no quererme, y tengo que pasar rápidamente los eones para atrás o para adelante, llegar cuanto antes a otra etapa en que los hombrez y laz cozaz vuelvan zíclicamente a ver si esta vez nos va mejor.

Paraíso no es premio para todos

Hay que volver a recordar (constantemente) a los espíritus vulgares que los castigos del infierno, aunque administrados por el demonio, son impuestos, en realidad, por su Eterno Enemigo. El diablo es un comerciante honesto y, aunque menos poderoso, ha logrado reservar algunos premios para aquellos que sean en vida sus fieles seguidores. Premios que podrían resultar horrendos para las almas débiles que se balancean al azar en la música insulsa de Allá Arriba (pura armonía, nada de ritmo), pero que para nosotros son auténticos placeres. No arrepentirse, por ejemplo. Aun en el peor de los tormentos y por toda la eternidad no arrepentirse: ¿es imaginable, desde la vanidad, un goce más excelso?

El hombre ecuánime

A fin de irritar a un hombre ecuánime, un mal poeta desuella un camello y viste su piel al revés, con la pelambre hacia adentro y la carne y la grasa hacia afuera. Hediondo y cubierto de moscas llama a la puerta de la mansión: el hombre ecuánime ordena que le abran. Se sienta a su lado y el hombre ecuánime soporta su hedor sonriendo. Lo acaricia con una pata repugnante y el hombre ecuánime devuelve la caricia. Lo ridiculiza en un epigrama y el hombre ecuánime se ríe y ordena que se le entregue una bolsa de dinares. A continuación lo insulta, y el hombre ecuánime ordena que se le entreguen cien dinares más. El poeta se declara vencido y se quita el disfraz. En honor a su anfitrión recita su obra completa. El hombre ecuánime ordena, entonces, que se lo corte en trozos muy pequeños.

Piedras a los pájaros

No tires piedras a los pájaros porque podrían no ser pájaros, podrían no ser piedras, podrías estar tirando, inadvertidamente, naranjas a los helicópteros, melones a los murciélagos, cospeles a las nubes, podrías no estar verdaderamente tirando sino entregando, vendiendo, soplando o, lo que es peor todavía, ejerciendo un verbo intransitivo.

Espectáculo de juegos malabares

Como parte del espectáculo, el payaso hace malabarismos con tres naranjas. En el interior de una de las frutas, una mujer vestida de rojo y gris está maquillándose los ojos con delineador líquido y un pincelito muy anticuado. Ahora, como le suele suceder justo cuando está más apurada, una gota de delineador entra en su ojo derecho, a la altura del lagrimal. El ojo enrojece y le arde y no puede frotárselo para no correr la pintura. Esta escena no es parte del espectáculo y sería una desgracia para todos que se cayera la naranja.

La pista confusa

Es invisible pero deja huellas. Por las huellas es posible seguirlo. En una encrucijada las huellas se dividen. Son invisibles pero dejan huellas. Por las huellas es posible seguirlos. Sólo que en cada encrucijada vuelven a dividirse las huellas.

Parásitos de los paraguas

Lo peor no son los pequeños, los que son casi invisibles, los que se arrastran en fila por el mango, anidan en la contera, desovan en el varillaje y terminan a veces por perforar el paraguas con sus minúsculas deyecciones ácidas, allí donde la tela se ha desgastado por el uso. Entre los parásitos de los paraguas, lo peor son los grandes, aquellos que los fuerzan a dejar sus hogares cálidos y secos, los abren brutalmente a la intemperie, los exponen sin piedad a las peores lluvias.

Bodas de diamante

El departamento es chico y los dos viejos están sentados en la oscuridad para ahorrar electricidad. El viejo canturrea para sí mismo una canción sin palabras. La vieja se levanta con esfuerzo. Adónde vas, pregunta él. Al bosque a juntar frutillas, dice ella. Si el piso fuera de tierra, ella escupiría despectivamente a un costado. Ojalá nunca hubiera contestado ninguna de sus preguntas, piensa la vieja, y qué distinta hubiera sido entonces mi vida. (Pero no puede imaginarse otra.) Entonces va a la cocina y de allí al bosque y junta una canasta de frutillas maduras y se las come todas antes de volver a entrar para que él no sepa dónde estuvo.

A las escondidas

Si una persona de tu parentesco intenta ocultarse a tu vista transformada en un grano de café, debes proceder en todo como si realmente hubiese logrado engañarte. Mezclada con los otros granos, has de colocarla en el recipiente del molinillo. Pocos son los parientes que se dejan moler así, sin delatar su condición, por puro orgullo.

Transformación de los cohombros

Para ocultarse de la avidez de sus perseguidores, un cohombro se transforma en cocodrilo. Así metamorfoseado emprende un periplo que lo lleva de pantano en pantano, huyendo ahora de los cazadores a los que el verde profundo de su piel verrugosa parece atraer particularmente; huyendo, sobre todo, de las hembras de su nueva especie, a las que, a causa de su origen vegetal, se siente incapaz de satisfacer. (Los cohombros son pepinos.)

Pájaro en mano

Más vale pájaro en mano porque así queda la mano contenida, controlada por esa forma tibia que la forma a su vez, que la mantiene ocupada, unida a su correspondiente brazo, que le impide agitar los dedos como alas para reunirse con las demás, con sus compañeras manos en el aire, esas otras noventa y nueve que sólo la esperan a ella para llegar a cien volando.

Te tapa los ojos

Te tapa los ojos y te pregunta quién soy. Tiene las manos y la voz de tu hija menor. Ahora quiere también tus ojos.

Quizás apendicitis

Operación de rutina. A la altura de la vesícula biliar, el bisturí tropieza con un obstáculo impenetrable a su filo eléctrico. Con las dos manos, el cirujano extrae una perla gigantesca que muestra, entre los hilos rojos, su brillo de nácar. El equipo de cardio se distrae por un momento, el anestesista mismo parece encandilado. Entonces, en forma repentina, se cierran las valvas del paciente. Después, empieza la digestión.

Las cosas y sus nombres

Cada cosa tiene su nombre, pero no cada nombre tiene su cosa. Hay cosas que admiten más de un nombre, pero no todas las cosas son así. Y luego están los nombres polisémicos, veleidosos, angurrientos, que para andar sueltos son los peores, los más ansiosos, los que recorren una y otra vez el espectro de las cosas posibles e imposibles, buscando la que les corresponde, dispuestos a hacerla surgir si no hubiera otro recurso, y al fin son ellos los que tienen la culpa de la mayoría de los terremotos, las psicosis y los eleuterios.

Tragedia social

La miscelánea es una muñeca frágil, de ojos azules, que no se puede bañar. La troglodita es la hembra de un insecto grande, voraz, con la cabeza muy pequeña. La neurosis es una tragedia social.

Zafarrancho de naufragio

En el vapor de la carrera se realiza un zafarrancho de naufragio. Se controlan los botes y los pasajeros se colocan sus salvavidas. (Los niños primero y a continuación las mujeres.) De acuerdo con las convenciones de la ficción breve, se espera que el simulacro convoque a lo real: ahora es cuando el barco debería naufragar. Sin embargo, sucede lo contrario. El simulacro lo invade todo, se apodera de las acciones, de los deseos, de las caras de la tripulación y del pasaje. El barco entero es ahora un simulacro y también el mar. Incluso yo misma finjo escribir.

La jarra de litro

La señorita Sarita trae una jarra de metal y dice: esto es un litro. Juan y Pinchame fueron al río. Miguel escupe dentro del litro. Cuarzo, Mica y Feldespato también fueron al río. Cuarzo es duro y tiene un resplandor opaco. Mica es disgregada y brillante. Miguel es tonto. Pero ni siquiera la señorita Sarita sabe mucho de Feldespato. En el río, Cuarzo y Mica se hunden velozmente. Miguel repite siempre primer grado. Juan y Pinchame y Feldespato tratan de rescatar a Cuarzo y Mica. La señorita Sarita y la portera toman licor de huevo en el cuartito de las escobas. Juan se ahogó: ¿quién quedó?

Urbanidad en la mesa

Pero cómo comportarse correctamente cuando las circunstancias han variado tanto que una llama azulada brota del pico de la tetera y el clima no cambia lo suficiente como para ser tema de conversación (estamos todos, siempre, tan acalorados) y el pizarrón sangra despiadadamente y sin quejarse y dónde habré puesto el manual de urbanidad en la mesa, sobre todo para persuadir a la mesa de que deje ese loco galope, y no sólo por razones de cortesía sino por los injustos golpes (la libertad de cada uno termina donde empiezan los derechos del prójimo) que están recibiendo (los modales implican también una ética) esas pobres paredes.

Loto

Sentado durante horas en la posición del loto, repitiendo el mantra que conducirá la iluminación a su espíritu y que la iluminación llegue tarde o le llegue a otro, o llegue justo cuando (pero sólo por un instante) haya salido, o llegue, precisamente por haberla esperado demasiado, en forma tan imprevista que no sea posible retenerla, probarla o exhibirla.

Maestro y amigo

Debes encontrar tu lugar, el único concebido para tu cuerpo, el lugar donde tu mente y tu estómago y cada una de tus células se sientan seguros, protegidos y en paz, el único Lugar inaccesible a tus enemigos, dice el Maestro. El discípulo busca durante toda la noche: todas las baldosas del patio le parecen iguales, indiferentes. Hacia el amanecer, agotado, se duerme tirado en un rincón. Al despertar, recuerda su fracaso. Ganaste, dice el Maestro: porque nunca hubieras podido dormirte en un lugar que no fuera el Tuyo. El discípulo nota que le falta su billetera. Yo la he tomado, dice el Maestro. ¿Pero acaso yo soy tu enemigo?

Sueños de niños

Si tu casa es un laberinto y en cada habitación Algo te espera, si cobran vida los garabatos que dibujaste (tan mal) con tiza en la pared de tu pieza, y en el living la cabeza de tu hermana ensucia de sangre la pana del sillón verde; si hay cosas jugando con tus animales de plástico en la bañadera, no te preocupes, hijita, son solamente pesadillas infantiles, ya vas a crecer, y después vas a envejecer y después no vas a tener más sueños feos.

Las máquinas no se rebelan

Tópico falso, por imposible, el de la rebelión de las máquinas. Las máquinas aceptan órdenes. Las máquinas se gastan, se rompen, se estropean, pero no se rebelan. Las que se rebelan son las órdenes.

Caras sin facciones

Pensar en caras desprovistas de facciones que sin embargo no son lisas. Caras donde la nariz sea más un cierto avatar de la emoción que una presencia brutal, donde se pueda entrever el intenso recuerdo de una boca. Pensar con cierta violencia en caras así, capaces de hacer estallar creencias y convenciones sociales, caras distribuidas en zonas que excluyan la cabeza. Pensar y no mirarse, darle, con toda intención, la espalda a los espejos y verse, sin embargo, con ese ojo, con ese ojo.

El autor y el lector

Le preguntan al autor: usted, cuando escribe, ¿piensa en el lector? El autor no piensa en otra cosa. En su pensamiento el lector es un príncipe envuelto en telas bordadas y brillantes. Su principado es una colonia de la Tierra en el espacio exterior. Como es un príncipe, tiene gestos indolentes y gestos desdeñosos. Con un gesto desdeñoso aparta de sí la edición árabe de la obra del autor. Con un gesto indolente llama al bibliotecario del palacio y le exige la traducción al alemán. El príncipe y lector es políglota y sensible. Lee y se emociona: cómo es posible que desde tan lejos en el tiempo y en el espacio, otro hombre pueda expresar así mis propios sentimientos. A todo esto, el autor no ha contestado la pregunta y se la vuelven a formular en voz más alta. Un poco sobresaltado, se apresura a contestar: no, claro que no, jamás pienso en el lector, un verdadero artista piensa solamente en su obra. Entonces el periodista se va y el autor se queda muy triste, pensando que no es un verdadero artista y que le gustaría serlo.

Primeras letras

Cuando Sabrina llegó a la escuela por primera vez, la maestra le pareció muy pequeña. En el recreo del medio les repartieron unos sobres grandes de color marrón. Adentro de cada sobre había un ajolote. En el aula, Sabrina tuvo que sentarse junto a una niña que se sacaba pepinos de la nariz. La niña de los pepinos le enseñó a usar su ajolote para dibujar las letras. Sabrina empezaba con las letras bien pegaditas al renglón pero después se le iban para arriba. Antes de salir envolvió a la maestra en el papel plateado de un chocolatín y se la puso en el bolsillo. A la salida la mamá le preguntó cómo le había ido en la escuela y Sabrina le contestó que tenía hambre.

Pezpie

—Había un pez que me hacía doler el pie.

—¿Era un tiburón y te lo comía?

—No era un tiburón, no me lo comía, no lo mordía.

—Pero te hacía doler.

—Sí. Yo ponía el pie en... Había agua. Y tiraba para abajo, fuerte. No lo veía.

—¿Te tiraba del pie?

—No me tiraba del pie. Me lo hacía doler. Tiraba pero no del pie. Era un pez muy raro.

—¿Cómo era?

—No lo vi, pero yo sabía que era un pez y las palabras muy raro.

—¿Y después?

—Después estoy aquí. Aquí, ¿dónde es?

Índice

Esta edición de 4000 ejemplares
se terminó de imprimir en
La Prensa Médica Argentina,
Junín 845, Buenos Aires,
en el mes de noviembre de 1992.